灼华诗丛

承雪 著

捕露者

陕西新华出版

太白文艺出版社 · 西安

图书在版编目（CIP）数据

捕露者 / 康雪著. -- 西安：太白文艺出版社，
2022.3（2023.6重印）
　（灼华诗丛）
　ISBN 978-7-5513-2098-6

　Ⅰ.①捕… Ⅱ.①康… Ⅲ.①诗集－中国－当代
Ⅳ.①I227

中国版本图书馆CIP数据核字(2022)第037490号

捕露者
BU LU ZHE

作　　者　康　雪
责任编辑　葛晓帅
封面设计　郑江迪
版式设计　建明文化
出版发行　太白文艺出版社
经　　销　新华书店
印　　刷　三河市同力彩印有限公司
开　　本　889mm×1194mm　1/32
字　　数　93千字
印　　张　6.5
版　　次　2022年3月第1版
印　　次　2023年6月第2次印刷
书　　号　ISBN 978-7-5513-2098-6
定　　价　45.00元

诗人给了世界新的开始

——"灼华诗丛"八位诗人读记

◎霍俊明

由"灼华"一词，人们可能首先想到的是《诗经》中的那首诗，想到四季轮回的初始和人生美妙的时光。太白文艺出版社"灼华诗丛"的编选目的和标准都很明确，即入选的诗人大抵处于精力旺盛的阶段且写作已经显现个人风格或局部特征。平心而论，我更为看重的是当代诗人的精神肖像，"持续地／毫无保留地写／塑造并完成／我在这个世界中的独立形象"（马泽平：《我为什么要选择写诗》）。对于马泽平、杨碧薇、麦豆、熊曼、康雪、林珊、李壮和高璨这八位诗人而言，他们的话语方式甚至生活态度都有着极其明显的差异，但总是那些具有"精神肖像"和"精神重力"的话语方式更能让我会心。正如谢默斯·希尼所直陈的那样："我写诗／是为了看清自己，使黑暗发出回声。"（《个人的诗泉》）由此生发出来的诗歌就具有了精神剖析和自我指示的功能，这再一次显现了诗人对自我肖像以及时间渊薮的剖析、审视能力。自觉的写作者总会一次次回到这个最初的问题——为何写作？我一直相信，真正的写作会带动或打开更多的可能性，而诗人给了世界新的开始。这样的诗歌发声方式更类似于精神和生命意义上的"托付"，恰如谢默斯·希尼所说的，使"普通事物的味道变得新鲜"。

几年前读露易丝·格丽克的诗的时候，给我印象最深的一句是"总是太多，然后又太少"。诗人面对当下境遇和终极问题说话，并不是说得越多越好，相比而言说话的方式和效力更为重要。由此，真正被诗神选中和眷顾的永远都不可能是多数。

马泽平的诗让我们看到了频繁转换的生活空间和行走景观，当然还有他的脐带式的记忆根据地"上湾"。在米歇尔·福柯看来，20世纪是一个空间的时代，而随着空间转向以及"地方性知识"的逐渐弱化，在世界性的命题面前人们不得不将目光越来越多地投注到"环境""地域"和"空间"之上……

我这样理解关于一个地名的隐秘史

它有苍茫的一面：春分之后的黄沙总会漫过南坡

坟地

也有悲悯的一面：

接纳富贵，也不拒绝贫穷，它使乌鸦和喜鹊

同时在一棵白杨的最高处栖身

这几句出自马泽平的《上湾笔记》。"上湾"作为精神空间和现实空间的融合体，再一次使诗歌回到了空间状态。这里既有日常景观、城市景观、自然景观以及地方景观，又有一个观察者特有的取景框和观看方式。诗歌空间中的马泽平大抵是宽容和悲悯的，是不急不缓而又暗藏时间利器的。他总是在人世和时间的河流中留下那些已然磨亮的芒刺。它们并不针对这个外部的世界，而是指向精神渊薮和语言处境。就马泽平的语调和词语容量来说，我又看到了一个人的阅读史，他也时时怀着与诗人和哲学家"对话"和"致敬"的冲动。这再次印证了诗歌是需要真正意义上的命运伙伴和灵魂知己的，"一个人和另一个人／有了同样的生辰"（《一个和另一个》）。

杨碧薇出生于滇东北昭通，但是因为城市生活经验的缘故，她的诗反倒与一般意义上的"昭通诗群"和"云南诗人"有所区别，也与很多云南诗人的山地经验和乡村视角区别开来。这一区别的产生与其经验、性格、异想方式乃至诗歌和艺术趣味都密切关联。杨碧薇是一个在现实生活版图中流动性比较强的人，这种流动性也对应于她不同空间的写作。从云南到广西，到海南，再到北京，这种液体式的流动和开放状态对于诗歌写作而言是有益的。"一枚琥珀在我们的行李箱里闪亮，宛若初生。"（《立春》）与此相应，杨碧薇的每一首诗都注明了极其明确的写作地点和时间，是日记、行迹和本事的结合体。读杨碧薇的诗，最深的体会是，她好像是一个一直在生活和诗歌中行走而难以停顿的人，是时刻准备"去火星旅行"的人。杨碧薇的诗有谣曲、说唱和轻摇滚的属性，大胆、果断、逆行，也有难得的自省能力。无论是在价值判断上还是在诗歌技术层面，她都能够做到"亦庄亦谐"。"诗与真"要求诗歌具备可信度，即诗歌必然是从骨缝中挤压出来的。这种"真"不只是关乎真诚和真知，还必然涵括一个诗人的贪嗔痴等世俗杂念。质言之，诗人应该捍卫的是诗歌的"提问方式"，即诗歌应该能够容留"不纯""不雅"与"不洁"，从而具备异质包容力和精神反刍力。与此同时，对那些在诗歌中具有精神洁癖的人，我一直持怀疑的态度，因为可读性绝对离不开可信性。杨碧薇敢于撕裂世相，也敢于自剖内视，而后者则更为不易。这是不彻底的诗和不纯粹的诗，平心而论，我更喜欢杨碧薇诗歌中的那份"不洁"和"杂质"，喜欢这种颗粒般的阻塞感和生命质感，因为它们并未经过刻意的打磨、修饰和上蜡的过程。

麦豆是80后诗人中我较早阅读的一位，那时他还在陕西商洛教书。麦豆诗歌的形制自觉感越来越突出，这也是一个诗人逐渐成熟的标志之一。麦豆的诗中闪着一个个碎片的亚光，这些碎片通过瞬间、物象、人物、经验，甚至超验的形式得以产生不同的精神质素。这是一个个恍惚而真切的时间碎片、生命样本、现实切片以及存在内核。与命运和时间、世相命题融合在一起的碎片更能够牵引我的视线，这是跨越了表象栅栏之后的空地，也表示世界以问题的形式重新开始。在追问、叩访、回溯和冥想中那些逝去之物和不可见之物重新找到了它们的影像或替身，它们再次通过词语的形式来到现场。比如："去河边散步／运气好时／会碰上一位像父亲的清洁工／划着船／在河面上捕捞垃圾／而不是鱼虾／／运气再好些／会遇见一只疾飞的翠鸟／记忆中／至少已有十年／没有见到身披蓝绿羽毛的翠鸟／仿佛一个熟悉的词／在字典里／突然被看见／／但近来运气每况愈下／平静的河面上／除去风／什么也没有／早晨的雾气消散得很快／父亲与翠鸟／被时光／永远拦在了一条河流的上游。"（《河流上游》）这些诗看起来是轻逸的，但是又具有小小的精神重力。"轻逸"风格的形成既来自一个诗人的世界观，又来自语言的重力、摩擦力、推进力所构成的话语策略，二者构成了米歇尔·福柯层面的"词与物"有效共振，以及卡尔维诺的"轻逸"和"重力"型的彼此校正。"世世代代的文学中可以说都存在着两种相互对立的倾向：一种倾向要把语言变成一种没有重量的东西，像云彩一样飘浮于各种东西之上，或者说像细微的尘埃，像磁场中向外辐射的磁力线；另一种倾向则要赋予语言以重量和厚度，使之与各种事物、物体或感觉一样具体。"（卡尔维诺：《美国讲稿》）它们是一个个细小的切口，是日常的所见、所闻、所感，是一个个与己有关又触类旁通的碎片，是日常情境和精神写实的互访与秘响。这些诗的沉思质地却一次次被擦亮。

认识熊曼转眼也好多年了。那时她还在武汉一个公园里的独栋小楼里当编辑，参加活动与人见面交流的时候几乎没有超过两句话。记得有一年我去扬州参加活动，熊曼在吃午饭的时候到了饭店，拉着一个不大不小的行李箱。我饭后下楼的时候，总觉得一个女孩子提着行李箱会让男人有些不自在，于是我帮她提着行李箱下楼，然后又一路拉回酒店。那时扬州正值春天，但那时的扬州已经不是唐宋时期的扬州。过度消耗的春天仍有杀伐之心，诗人必须有强大的心理准备，当然还必须具备当量足够的词语场，也许对于每一个诗人来说夜晚都是形而上的。"每天清晨我都要打开窗户"，对于熊曼而言这既是日常的时刻，又是认知自我和精神辨认的时刻。诗人总是需要一个位置来看待日常中的我与精神世界的复杂而多变的关系。围绕着我们的可见之物更多的是感受和常识的部分，而不可见之物则继续承担了诗歌中的疑问和终极命题，"但我知道世界不仅仅 / 由看得见的事物构成 / 还有那看不见的 / 因此每天清晨我都要打开窗户 / 让那看不见的事物进来 / 环绕着我 // 仿佛这样才能安心 / 仿佛我是在等待着什么"（《无题》）。它们需要诗人的视线随之抬升或下降，也得以在此过程中认知个体存在的永远的局限和障碍，比如焦虑、孤独、恐惧、生死，"雨像一道栅栏 / 禁锢了我们向外部世界迈出的双足"（《初夏》）。在熊曼的诗中我们也常常遇到精神自我与日常家庭生活和社会景观叠加的各种镜像在一个人身上重组的过程，这是另一种社会教育，是不可避免的重复谈论的话题。任何一个写作者都会在诗中设置实有或虚拟的"深谈"对象,这是补偿甚至是救赎。情感、经验甚至超验体现在诗歌中实际上并无高下之别,关键在于它们传达的方式以及可能性,在于它们是否能够再次撬动或触发我们精神世界中的那些开关按钮。

康雪更为关注的是习焉不察的日常细节和场景所携带的特殊的精神信息。这些精神信息与其个体的感受、想象是时时生长在一起的。这是剪除了表象枝蔓之后的一种自然、原生、精简而又直取核心的话语方式。康雪的诗让我想到了"如其所是"和"如是我闻"。"如其所是"印证了"事物都完全建立在自己的形状上"(谢默斯·希尼),是目击的物体系及其本来面目,其更多诉诸视觉观瞻、襟怀,以及因人而异、因时而别的取景框。"如是我闻"则强化的是主体性的精神自审和现象学还原,是对话、辨认或自我盘诘之中的精神生活和知性载力。"最后一次在云南泸沽湖边的 / 小村子 / 看到一株向日葵,开出了 / 七八朵花 / 每一朵都有不同的表情 // 这是一种让我望尘莫及的能力 / 我从来没法,让一个孤零零的肉体 / 看起来很热闹。"(《特异功能》)确实,康雪的写作更接近"捕露者"的动作和内在动因。"在刚过去的清晨,我跪在地上 / 渴望再一次通过露珠 / 与另外的世界 / 取得联系 / 我想倾听到什么?"(《捕露者》)如露如电,如梦幻泡影。如此易逝的、脆弱的、短暂的时刻,只有在精敏而易感的诗人那里才能重新找回记忆的相框,而这一相框又以外物凝视和自我剖析的方式展现出来。康雪的诗中一直闪着斑驳的光影，有的事物在难得的光照中，更多的事物则在阴影里。这既是近乎残酷的时间法则，又是同样残酷的世相本身。"太阳对于穷人多么重要／在屋顶，我们能得到的更多／／并不会有很多这样的日子／可以什么都不做／一直坐在光照耀的地方——／／有三只羊在吃灌木上的叶子／我的女儿趴在栏杆边看得入迷／她后脑勺上的头发闪着光。"（《晴天在屋顶避难的人》）

林珊的诗歌不乏情感的自白和心理剖析的冲动，这代表了个体的不甘或白日梦般的愿景。而我更为看重的是那些更带有不可知的命运感和略带虚无的诗作，它们如同命运的芒刺或闪电本身的旁敲侧击，犹如永远不可能探问清楚而又令人恐慌和惊颤的精神渊薮。"父亲，空山寂寂，我是唯一／在黄昏的雨中／走向深山的人／为了遇见更多的雨，我走进更多的／漫无尽头的雨中／沿途的风声漫过来／啾啾的鸟鸣落下来／现在，拾级而上的天空，倾斜，浮动／枯黄的松针颤抖，翻转，坠入草丛／雾霭茫茫啊／万千雨水在易逝的寂静中破裂，聚集。"（《家书：雨中重访梅子山》）"父亲"代表的并不单是家族谱系的命运牵连，而是精神对话所需要的命运伙伴，就如林珊《最好的秋天》中反复现身的"鲁米先生"一样，他一次次让对方产生似真似幻而又无法破解的谜题，诚如无边无际的迷茫雨阵和寒冷中微微颤抖的事物。"雨"和"父亲"交织在一起让我想到的必然是当年博尔赫斯创作的《雨》，二者体现出互文的质素。"突然间黄昏变得明亮 / 因为此刻正有细雨在落下 / 或曾经落下 / 下雨无疑是在过去发生的一件事 // 谁听见雨落下 / 谁就回想起那时候幸福的命运 / 向他呈现了一朵叫作玫瑰的花 / 和它奇妙的鲜红的色彩 // 这蒙住了窗玻璃的细雨 / 必将在被遗弃的郊外 / 在某个不复存在的庭院里洗亮 // 架上的黑葡萄潮湿的暮色 / 带给我一个声音我渴望的声音 / 我的父亲回来了他没有死去。"这是迷津的一次次重临,诗歌再一次以疑问的方式面对时间和整个世界幽深的纹理和沟壑。猝然降临又倏忽永逝是时间的法则,也是命运的真相,而最终只能由诗人和词语一起来担当渐渐压下来的负荷。

我和李壮曾经是同事,日常相熟,他的评论和即兴发言都让人刮目相看,他一直在写诗我也是心知肚明。李壮还爱踢足球,但是因为我没有亲历,所以对他的球技倒是更为好奇。诗歌从来都不是"绝对真理",而是类似于语言和精神的"结石",它们于日常情境中撕开了一个时间的裂口,里面瞬息迸发出来的记忆和感受粒子硌疼了我们。在词语世界,我看到了一个严肃的李壮,纠结的李壮,无厘头的、戏谑的李壮,以及失眠、略带疲倦和偶尔分裂的李壮。"这个叫李壮的人 / 全裸着站在镜子里 / 我好像从来不曾认识过他。"(《这个叫李壮的人》)每一个人都是一个星球,也是一座孤岛。李壮的诗歌视界带来的是一个又一个或大或小、或具体或虚化的线头、空间和场所,它们印证了一个人的空间经验是如此碎片化而又转瞬即逝。这个时代的人们及其经验越来越相似而趋于同质化，诗歌则成为维护自我、差异的最后领地或飞地，这也是匆促、游荡、茫然的现代性面孔的心理舒缓和补偿机制。尤其当这一空间视野被放置在迷乱而莫名的社会景观当中的时候，诗人更容易被庞然大物所形成的幻觉遮蔽视线，这正需要诗人去拨开现实的雾障。速度史取代了以往固态的记忆史，而现实空间也正变得越来越魔幻和不可思议。在加速度运行的整体时间面前，诗人必须时刻留意身后以及周边的事物，如此他的精神视野才不致被加速度法强行割裂。凝视的时刻被彻底打破了，登高望远的传统已终止，代之而起的是一个个无比碎裂而又怪诞的时刻。《李壮坐在混凝土桥塔顶上》通过一个特殊的观察位置为我们揭开了一个无比戏剧化的城市密闭空间和怪异的具有巨大稀释效果的现代性景观。"古人沉淀于江底的声音在极短一瞬／被车流松开了离合／一只猫的梦里闪过马赛克花屏／／也必然是在这样的时刻，李壮／会坐到未完工的混凝土桥塔顶上／坐到断绝的水上和无梯的空中／／会朝我笑着打出一个响指／隔着39楼酒店房间的全密闭玻璃／我仍确信我听到了。"如果诗人对自我以及外物丧失了凝视的耐心，那么一切都将是模糊的、匆促的碎片和马赛克，一个诗人的精神襟怀和能见度也就根本无从谈及。所以，诗人的辨识能力和存疑精神尤为关键，这也就是里尔克所说的"球形经验"。"羞耻得像雪，就只应该降临在夜里／第二天当我推开门／已不能分辨其中任何一片被称作雪的事物／我

只能分辨这人世被盖住的／和盖不住的部分。因此雪也是没有的。"（《没有雪》）

高璨的诗，这是我第一次集中阅读。她的诗中一直有"梦幻"的成分，比如"月亮""星星""星空""梦"反复出现于她的诗中。但是更引起我注意的是那些通过物象和场景能够将精神视线予以抬升或下沉的部分，比如《河流的尽头》《静物》这样的诗。它们印证了诗人的凝视能力和微观视野，类似于"须弥纳于芥子"般的坛城或戴维·乔治·哈斯凯尔的"看不见的森林"，这也验证了"词与物"的生成和有效的前提。器物性和时间以及命运如此复杂地绕结在一起。器物即历史，细节即象征，物象即过程。这让我想到的是1935年海德格尔在《艺术作品的本源》中对凡·高笔下农鞋的现象学还原。这是存在意识之下时间和记忆对物的凝视，这是精神能动的时刻，是生命和终极之物在器具上的呈现、还原和复活。"从鞋具磨损的内部那黑洞洞的敞口中，凝聚着劳动步履的艰辛。这硬邦邦、沉甸甸的破旧农鞋里，聚积着那寒风陡峭中迈动在一望无际的永远单调的田垄上的步履的坚韧和滞缓。鞋皮上沾着湿润而肥沃的泥土。暮色降临，这双鞋在田野小径上踽踽而行。在这鞋具里，回响着大地无声的召唤，显示着大地对成熟谷物的宁静馈赠，表征着大地在冬闲的荒芜田野里朦胧的冬眠。这器具浸透着对面包的稳靠性的无怨无艾的焦虑，以及那战胜了贫困的无言的喜悦，隐含着分娩阵痛时的哆嗦、死亡逼近时的战栗。这器具属于大地，它在农妇的世界里得到保存。正是由于这种保存的归属关系，器具本身才得以出现而得以自持。"当诗歌指向了终极之物和象征场景的时候，人与世界的关系就带有了时间性和象征性，"物"已不再是日常的物象，而是心象和终极问题的对应，具有了超时间的本质。"在今天，飞机和电话固然是与我们最切近的物了，但当我们意指终极之物时，我们却在想完全不同的东西。终极之物，那是死亡和审判。总的说来，物这个词语在这里是任何全然不是虚无的东西。根据这个意义，艺术作品也是一种物，只要它是某种存在者的话。"（海德格尔：《艺术作品的本源》）

粗略地说了说我对这八位诗人粗疏的阅读印象，实际上我们对诗歌往往怀有苛刻而又宽容的矛盾态度。任何人所看到的世界都是有限的，而对不可见之物以及视而不见的类似于"房间中的大象"的庞然大物予以精神透视，这体现的正是诗人的精神能见度和求真意志。

在行文即将结束的时候，我想到其中一位诗人所说的：

你决定停止

早就是这样：你看清的越来越多

写下的，越来越少

2021 年 5 月于北京

目录

第一辑　献出自己的脸

第二辑 何谓故土

第三辑 爱是河面的晨雾

第一辑

献出自己的脸

理发店

推开门进去

把对美的信任交给一个陌生人

他说喜欢我花一样的面孔

花有很多种

不见得都很美丽

他领着我进入一块玻璃中

告诉我，别动

他花了两个小时挤掉

我头发上的海水

但波浪还留在上面

这符合我的期望

一个陡峭的人，有了点线条

天才蔬菜

香菜、紫苏、茼蒿、薄荷
还有生姜
它们是蔬菜中的天才吗？

要多有想象力
才能创造出这么好闻的
自己

下辈子我也要做
这样的蔬菜
可以不好看，但一定好闻

且永远
只被少数人深深地喜欢

特异功能

最后一次在云南泸沽湖边的

小村子

看到一株向日葵，开出了

七八朵花

每一朵都有不同的表情

这是一种让我望尘莫及的能力

我从来没法，让一个孤零零的肉体

看起来很热闹

速写

光照在羊背、草叶、石头

和照在人脸上

有些微妙的不同

光在人身上学习到脆弱

尽管从不哭泣

但光照在你脸上时总要

暗下去

很难分清那是光的阴影

还是你本身

有时，你是真的很高兴

是光穿上你的衣服，替你站在

世界面前

候鸟

数不清的，一群一群的

在数千米高的夜空中，像被上帝

挪动的火焰

二十九年来，第一次遇见

候鸟迁徙

最开始是无数脱了壳的星星

从头顶消失

后来才是一群鸟

一群要去温暖之地过冬的鸟

也是一群

一生只与我见一次的鸟

在后来漫长的仰望中，我确认——

它们中的一只，也透过这茫茫夜色

看见了我

捕露者

在刚过去的清晨，我跪在地上
渴望再一次通过露珠
与另外的世界
取得联系
我想倾听到什么？
在寒冷的冬天
我感激脚下，仍有嫩绿的草叶
每一滴新的露珠
都在挺立的草尖上
获得了一种我无法企及的高度

玫瑰帖

有的人种的玫瑰好看
有的人画的玫瑰也好看

我想起几年前
在普者黑一所老房子的
墙根下
看到一朵玫瑰
全心全意为自己开着
是真好看

而我不会种玫瑰，画玫瑰
更不是那朵能把自己
长得那么好看的玫瑰

超级月亮

把一片毛茸茸的树叶

随手夹在诗集里

页码不明

"我和你在人世间，不再团聚。"①

早春的气息和往年一样

书里还能找到

山崖上的樱桃花

夜晚更适合阅读

用嗅觉

这样可以原谅

黑暗中从未听到鸟叫，也从未有人

看清过自家屋顶上的明月

① 引自阿赫玛托娃的诗句。

天空之城

深夜极静，很长时间

我的耳朵才从窗外的高枝上

取下一个声音

那是一片椭圆的树叶

它已经走到了

一种色彩的顶端，坠落时

整个天空是悦目的

但仍有什么让人顿生悲戚——

我想到曾有一双疲倦的鸟翅

擦过它的背面

在后来漫长的飞行中

仍沾着它独特而清新的气息

但再也不会相遇

想哭的两个瞬间

那个星球把它的光线

千里迢迢地送过来

送给我的窗玻璃、书桌、正敲击

键盘的手指和一颗

恰恰需要点光

才能带着我继续活下去的心

没有时间孤独，也没有时间

去爱（爱难道不该占据我们整个生命？）

世界以一种疲倦的力量

抓住了我

直到我走出门去

在午后学会深深呼吸

再走进办公室，才看见另一个星球——

纸杯上的橙子

它并没有同样给我光线

但在我离开之际，它把它的香味

填满了整个屋子

在深夜想起谁

只有我会在深夜想起

一棵苹果树

用细长的竹竿敲打树枝

那是我一生都没有够着的

美好事物

一只沾着雨水的青苹果

充满了我的童年记忆

只有我，为一棵活得不够久的

苹果树伤心

看着它不再发芽

光秃秃的树枝逐渐变成柴火

最后，只剩下根——

我在它的根上

又长了几岁

午间的人工湖

被束缚的水。我突然想要

去那里走走，围着那阔大而又

被迫冷静的水

在它被填满石子的边缘

消化掉刚进入我肚里的食物

我的左胸隐隐作痛

想到五月的最后一个夜晚

我几乎在医院度过

水面并不洁净。但这不妨碍大片

睡莲从两个月前按着

某种秩序盛开。我至今

没有爱上这种鲜花

它们太容易对着水面整理面孔

——如果有光辉

光辉已经沉入泥中

或者，永久凝固在莫奈的画布上

就是不在这里，我看不到

很难说这不是成见……

我更希望这水面空无一物

起风时，我还能专注于

自身的孤独

傍晚的喜悦

月亮在琴弦上

几只燕子穿过时，你想到了天籁

这时不用耳朵听

空中的银色波浪主动触碰你

像椭圆的槐树叶

碰着自己形而下的花

两个小孩在远处挥手

手腕上戴着绿色的藤蔓

你的心动了一下

是抛开身体的那种辽阔的跳动

然后你飞了起来

被完全照亮的人

每天都要走过的一段台阶

在今天才发现

它恰好通往落日

寻常的落日，你说不出

和昨天有何不同

但不应该错过

几片树叶替你托举着它

在正前方，等你结束一天的工作

等你站上最后的台阶

那么多温柔而准确的光线

在你身上突破新的底层——

多么艰苦卓越，你第一次

主动献出自己的阴影

天蒙蒙亮

有什么正从屋顶撤退

它毛茸茸的呼吸

与瓦片摩擦的声音惊醒了你

一种崭新的宁静到来

你听到鸟叫

鸟，一片立体的树叶——

它在遥远的枝条上叫你

像叫一个

站在黑夜末端的同类

你不知道如何回应

是带着满腔天真，还是世故？

推开窗户时

你只是想再次确认

它是否真叫出了你的名字

似是归途

天突然暗下来，多了一点

清冷的意味

抬头看到很多鸟雀

从两个方向扎进同一个树冠中

那是一棵很大的香樟

叶羽已经更换完毕

它在原地起飞过很多次

有些飞翔只在心中完成

你想到这里时

已走到了它的面前

但成串的鸟叫声又抓住了你

很想知道

把家安在那么高的地方

是什么样的感觉？

空气中突然充满晚餐的香味

也许，正是从红色房子三楼

飘出来

这些气味径直找到你

告诉你，那就是你的家

对面住着的

就是那群刚被你羡慕的鸟雀

一小段路

每天至少走两次

在春天，有凋落的海棠花

跟着你走到它中间

秋天有银杏叶

但很快被风或车轮带走

有时你真想要感激

正是这些转瞬即逝的，安慰了

一条被你磨损的路

洁白的斑马线布满裂纹

充满感情的裂纹

这让你不愿意相信

路只是平面。不相信

它只是面无表情地

等着每一个人经过

一年将尽时，你有着强烈的愿望

推开这条路的虚掩之门

走进它宽敞的内部

或者，你想要自己躺下

换这条路站起来

带着与你相似的冷漠或深情

从你身上到达

它的理想之地

勿诉长离别

小学毕业后就再未见过的

男同学，坐到了对面

他的母亲是你的语文老师

"如果没有她，就没有我的现在。"

真的吗？

他用充满讶异的眼神看着你

并为母亲感到骄傲——

"所有人都想成为我的母亲，

十几年来，她从未变老。"

他模仿母亲挺拔的坐姿，很像

她的确是你最早接触的

最优雅的女人

是她带你参加了城里的考试

你是十三岁就离开故乡的人

不知道为什么这么动情

你感觉到

擦眼泪的纸湿透了

"你小时候真的很调皮。"

——孤独的感觉。你还想说更多

但对面越来越黑。你突然意识到

应该把桌上的蜡烛推远一点

周围变得亮堂——

你醒了

突然只剩下这首诗的名字

故乡情结

你在四年前，在自己身上

找到一种地域性的执着

虽然后来仍未

过上理想的生活

但很多让你不安的东西

都逐渐放下了

不，也不是逐渐——

那些飘浮的梦境

是在你回到家，意识到故乡

真实存在时，瞬间放下的

你遵循了父母的心愿

并没有嫁出湖南省

结婚生子与工作，都离家不远

这几年有很多疲惫

但都率先被自己理解

日常礼物

带着一身疲倦走在路上
一片彩色的树叶落下来

能理解这种好意吗?

一棵你从未留意的树
竟用自己的痛苦——

做了一片美丽绝伦的树叶
送给你

新鲜空气

若不是黑夜品质上乘

也修复不了这么多疲倦的心

早晨醒来，因闻鸟鸣而喜悦

不知鸟鸣为喜悦本身

好好生活当然好

若有余力，我还要为

可持续的露珠

奋斗

非理想

留住雨——

留住水珠的概念

倘若我身上

也有点特别的

可以相亲相偎的东西

如荷叶、芋叶上

洁净的纹理

留住所有易碎，碎而无形

留住这些替我脆弱

与消逝的光辉

我并非不知命运的飘零

飘零如是？

我并非真要留住什么

写作的情绪

在塑料葵花、桔梗中坐下来

挨着一个

上周五没挖空的莲蓬

它翠绿的皮肤已变得晦暗

但我仍不会扔掉它

旁边是一盒刚从冰箱拿出的

蓝莓，每一颗都透出……

没错，雾中的甜美

我的抽屉里，还长久地放着苹果

只有一个，同一个

我给了它腐烂的期限

但它没有

两个月了，我第一次重新触摸它

就那么一小会儿，少量香气已

变得温热。这时我知道

我已经准备好了：

为这庸常的世界献上一个

还能被什么打动的人

原始关系

学会种点香芋、生姜或马铃薯

在过去，浪费了太多时间

对地底的动静浑然不知

倘若把脚趾扎进去

去触及黑暗中那深深的活力——

光想想就很美妙

但到底有多美妙，你自然是

想象不出的

倒也无须想象

当你真的种下香芋、生姜或

马铃薯，它们会告诉你：

你对土地有多热情，土地就对你

有多热情

迁徙

这一生要遇见的鸟

所有的鸟

连上帝都数不清的鸟

正从头顶飞过

黑夜从来不是真的黑夜

这些洁白的鸟啊

是什么样的巧合让它们这样

从我头顶飞过

是什么样的命运

只让它们这样

从我头顶飞过

失眠记

无声的事物通过

把自己献出而获得声音

雨把自己献给瓦片、石头、树叶

献给人内心的落差

成为音乐

独居的上帝

把自己献给闪电、狂风

和这一场雨——

我宁愿沉默。但我就是一个

被选中与上帝

彻夜长谈的人

清晨六点

是的，当布谷鸟停止鸣叫

我突然想起在这世间

它是唯一隐没在黑暗背面

却仍能被我辨认出的事物

但我仍不能说出

它的意图——

如此独特的叫唤穿越山谷

在每一座城市的窗口，给早醒的人

永恒的生命幻觉

闭上眼睛

至少有一颗露珠

在自己身上，听到汨汨流淌的水声

想起黑塞也曾聆听

"血液的簌簌低语"

我蹲下来，也如此渴望

在草叶上摊开身体——

天地的辽阔性

仅仅在于如何摆放

自我的位置？

狭窄的自我，迫切需要放弃

多彩的感官

我悬浮在纯净的黑暗中

像试飞的鸢，在高空完全挣脱自己时

突然意识到

静止才是极致的飞行

雨的幻觉

初夏的冷空气在手臂上
制造短暂印记——
那些凸起的毛孔让我意识到
我并不能
完全掌控自己
整个躯体都具有短暂性
短暂而连续。有时愕然发现
昨夜的我
仍端坐在今天的自己中间
倍感孤独是真的
带着百般忍耐的光芒

布谷，布谷

尝试去了解梦境般的东西

比如一种鸟类

它的声音让清晨具有

多层次的寂静

我的耳朵

也尝试过真正靠近这个声音

主动理解与完成它的轮廓

甚至去触摸

我这一生并没有机会抚摸

却仍要想象着

柔顺而温热的羽毛

这是听以外的能力，当一双耳朵

放弃我而在世上独自追逐

香樟帖

一株成年香樟拥有多少片叶子？

它站在我身边呼吸

没有半点声音

三月来临，开始大规模地落叶

在这个过程，香樟比任何树木

都要卓越——

落一片，长一片

我相信它从未出过差错

从年幼起，我就数过它低处的枝条

当它把红的、黄的旧叶

抛在我脚边

最后长成一种从未让人哀伤的植物

我为它感到骄傲

清晨

鸟鸣密集起来

至少有五种不同的声音

叠加在这雾中

分不清欢乐还是哀愁

我只能探出头

在窗外寻找一些能把握的东西

看不见也好

浓雾中都是些普通的鸟

聊的也都是日常——

什么树最适宜居住？

什么屋顶下的人值得同情？

我也渴望能分享一些我的经验

但我很少生活在清晨

我没有同类

正在失去的

年幼时就知蜻蜓低飞

意味着

大雨即将来临

有时并不准确，那么

轻灵的生命

并不为预示什么而存在

我宁愿那只是美的

在阳光下通体透明

可以被忽略

又恰是被天空和大地

同时需要的

一点美

我一直不知道

它们飞向了何处

与蝴蝶如此迥异，少有入梦

或不曾入梦

也不知真下起雨时

它们在何处停留

黑白影像

头脑中突然闪过，那遥远的

已经发生

却被长久遗忘的人事

我问自己为什么

那么明亮与感情充沛的少女时代

为什么发生，为什么遗忘

我那颗多彩的心

对陌生与未知仍致以信任

对少数好运气仍怀有

小兽身披朝露的欢喜

对失去从未察觉，失去没有得到

重要吗？

一个人是凭什么满腔孤勇

不断对他人记忆，献出自己的脸

窗口

我已经很久没有走出门去

当偶然瞥见窗外洁白的云团

竟感到新奇

我并不是有意忽略

这个真正的世界

那些深深打动我的

在我每一次惊醒时，依然打动我

可我已经很久没有走出门去

不知道霜降过后

山里还有着哪些花和果实

不知道需要迁徙的鸟

是否已经动身

也正因为不知道，我才不需要

真正走出门去

光是靠对它们的想象

我就能重获写作时的宁静

水龙头

人的一生啊，总会遇见

一个拧不紧的水龙头

水滴吧嗒吧嗒地

落在地上——

有时真喜爱这声音

我像空荡的房子般获得了

生气勃勃的寂静

有时也生出无端的关怀甚至

紧张

有什么正在被辜负？

当我渴望找到适合的容器

接住这些不断滴落的

时间的碎屑——

我又怕仍会听见一种必然

悦耳的痛苦

谁没有疲倦的时候

傍晚坐 11 路公交回家
车里还有最后一个座位
真幸运啊
但当我走近
才看见椅子中央有一只
蚂蚁

那么小的蚂蚁，占了
那么大一个位置
有一刻我真的想要流泪
奔波一天
我的两条腿需要休息
而它有更多条腿需要休息

一场雪

早上出门才开始下雪

中午时万物已一片洁白

而傍晚再出门

看到几只麻雀落在干燥的地面上

树叶上一滴水都没有——

那么大一场雪

连同孩子们生气勃勃的脚印

说消失就消失了

就像从来没有来过，就像只是天空

或者大地

或者我

或者只是其中的一只麻雀

大梦一场后就醒了

天黑不是因为太阳落下

当我们躺下，影子
却起身离去

一个影子使天黑了一点
两个影子，使天黑得更多一点
无数奔波的影子
成了黑夜

当我们醒来，以为只是
夜里做梦了
却不知道梦中
是影子在更卖力地生活

（起床时疲倦的人更疲倦
那只是影子的疲倦）

一点回忆

你不知道一场毛毛细雨

正落在屋顶

它们很轻很轻

你听不到半点声音

但我知道它们如何踮着

小脚，抱成一团

它们需要一整夜

才能弄出点你也知道的动静——

从天上落下来的是雨

从屋檐上落下时，只是一滴

让我们各自回忆的泪水了

我为什么突然喜悦

今天不是个阳光灿烂的日子
但至少有阳光
早上有，中午有，傍晚还有

我从坚硬的石头屋子里出来
看见树下有三只胖乎乎的小鸟
真是胖乎乎的
一看就生活得很好

今天不是个阳光灿烂的日子
但至少有阳光
出门有，上班有，回家时还有

第二辑

何谓故土

只有夜空如此美丽

今夜群星给我的光芒

能留到余生用

事事如意的话，下辈子也用不完

但不幸的是

我已经不需要再依靠美好事物

活下去

认识到自己只是蝼蚁

认识到更多人只是蝼蚁

就不再悲痛

庚子年，二月末

大雾迷漫，仍想出去走走

卖果蔬的卡车经过

仿佛和往常一样

但更多的人被困在家里

但仍是幸运的

在这样的雾中，终于不用为

看不清真相而感到焦虑

只想替那些被困在医院的人

出来走走

再替那些被困在异乡地下通道的人

回到家中

而对那些被永远困在

昨天新闻中的人们

感到深深抱歉——

大雾迷漫，我那么无能为力

脚边的植物，浑身挂满了水珠

第二辑　何谓故土

晴天在屋顶避难的人

太阳对于穷人多么重要
在屋顶，我们能得到的更多

并不会有很多这样的日子
可以什么都不做
一直坐在光照耀的地方——

有三只羊在吃灌木上的叶子
我的女儿趴在栏杆上看得入迷
她后脑勺上的头发闪着光

灼华诗丛／捕露者

想起熄灯的武汉

过了今天，这个年就结束了
第一次在家过元宵节
第一次发现，我的家乡
挺重视这个节日

我的父母做了一桌好菜
把家里每一处隐秘的灯盏打开
我特意看了看别处的房子
每一扇窗都亮着

突然就没那么沉重
这光明至少会持续一夜
突然又无比悲哀
我们是有能力保持这光明的啊

却在昨夜，需要用无边黑暗
悼念一个人

乡下的夜晚

这里的满天星辰是具体的

每一颗光芒清澈

给谁呢？

在湖北边缘，应该也有和这里

类似的小村子

应该也有这样的天空

有和我一样无意抬头

突然被这满天星辰击中的人

我们心底奔涌着

自然的喜悦

最后化成深深的叹息——

万物依然美丽，只是人类还需要

坚持努力

雨水从底部进入生活

其实还有晚樱在开

这样的下雨天

它们落起来，是整朵地落

当我走到丁字路口

就是那个可以望见一排晚樱

的路口

突然感觉到左脚湿了

真让人羞愧啊

为了更好地生活

每天努力工作

尽量按时回家吃饭

陪两岁半的小孩堆积木

或者捉迷藏

也认识字母和数字

但这并不顺利

除此之外，我还做了什么？

珍惜短暂的走路机会

相信春天的正确性，在它优美的

秩序中

撑着雨伞看樱花

但鞋底磨破了——

这样的小事，竟需要老天

来提醒

何谓故土

人死后，都去了哪里

没有谁能告诉我

这是好的

在乡下，并没有整齐的墓园

这也是好的

想过很多年后

我也被埋在山里或山脚下

总之，挨着山就好了

到处都是蓬勃的草木

它们幽深的根部

总是提醒我

我有一个永久留在人间

四季开着不同野花的屋顶

家庭教育

谈及父母，她落泪了
这并不是个哀伤的话题
哭泣有时仅是
一个人回到年幼时的需要
原谅她的母亲
原谅我的父亲

如果原谅真的是必要的——
请原谅我们自己，还是长成了
和他们那么相似的人

死亡是不存在的

窗外的电线上挂满了雨珠

是雨吧，不知道源于

什么样的灵感

突然想要走钢丝

送葬的队伍正从底下经过

有一两滴

跳下去了——

那同样是个新的世界

我渴望听到回声

不知道九岁的妹妹

为什么始终能用热乎乎的眼神

看着这一切

她提醒我，没什么人在哭

番茄

一株番茄为自己开花

为照顾一个人的愿望结果

唯一的果子，呈现太阳的颜色

但植株开始枯萎

我看到它内部的斗争

在高楼窗台的狭小之地卷起风浪

我们再忍耐几天

是各自忍耐

当果子足够通红、喜悦

并被一个小女孩握在手里

那种新鲜的死亡才会来临——

其实它比我更早地放弃了自己

它比我更了解

没有一个人，会为了救一株番茄

而倾尽全力

在它们悲伤前就把它们吃掉

妈妈托一辆大巴车带来玉米

打开麻袋时，还有黄瓜、青椒和

一小包干鱼

我喜欢一样一样地

拿在鼻子前嗅——

只要有好闻的气味，就还是活的

包括干鱼

（我想它们的鳞片上还

活着妈妈的几片指纹）

只要是活的，我就总需要在意

它们千里迢迢来到这里

是高兴还是悲伤

如果高兴，是有多高兴？如果悲伤——

最好是像我一样

背井离乡很久后，才感觉悲伤

谋生以后

为了减少开支，我们在秋天

搬进了一栋民用房的三楼

租金很便宜

房东一家四口住在二楼

一楼摆满了各种缘分不深的植物

每晚十点，甚至更晚

我总听到三轮车卷着夜色

带着很厚的泥土，从市中心回来

我从未问过一晚上能卖掉

多少盆蝴蝶兰，多少盆巴西木

冬天来临时

我只是独自想象

什么样的人，愿意在寒风呼啸的

路上停下，挑选一盆植物？

疲倦的房东夫妇

在每一个晚归后，给孩子掖好被角

在同一张狭窄的床上躺下后

是否还有力气

彼此间说点儿毛茸茸的话

离婚的女人

红色罐子以前装的是茶叶

今年换成上好的枸杞

一个生在伊犁，最后

定居苏州的善良女人

把它连同几袋红枣寄给我

我们见过一次

在地铁口，她主动拥抱我

我现在还记得她头发间

寂寥的香气

她独居的房子，小而洁净

阳台上摆满了植物

夜里我们躺在同一张

床上，盖不同花纹的棉被

她说，我听。究竟是

属于黑夜的话

次日醒来我就忘记了

她在厨房给我烙饼时，桌上

已经放了几样小菜

胡萝卜与土豆丝切得精致

精致得让人感伤

分别时让路人帮忙拍了合影

那天阳光强烈

我们都用手挡在额前——

这是我极喜欢的一张照片

我和一个最适合幸福的女人

站在一起

她的眼睛沉浸在阴影中

但嘴角挂着笑意

眼睛

那是每天在同一个地方
扫落叶的人
那是很深的沉默
我看见他和扫帚
一同移动
但我也看见他并不在这里
不在这条街上

他去了很深很深的地方
却仍在世界表面留下了
具体的脸

我用手机拍摄地上的落叶
离开时经过扫帚
他看了我一眼
隔着一双充满落叶的眼睛
我的心咯噔一下——他是谁？
他看到了什么？
在这冗长而干净的街道

献歌

噢，月亮了解这个世界

可以没有广场，但不能没有

广场舞

那群跳舞的人中

应该有我的妈妈

有更多个，生活稍微变好

终于有一刻能只为自己疲倦

或不知疲倦的女人

在圆圆的月亮下跳舞

在不够圆的月亮下也跳舞

好人都该这样

出门时把衣服穿在身上

和衣服交换生命力

回家就忘掉脱衣服的羞耻

那只是成年人的羞耻

公众的羞耻

夜晚清洁衣服

抚平衣服上每一个褶皱

不让衣服承担从外到内的艰苦

祖父

希望他一直这样走下去

身后没有鸣笛的车辆

每一条宽阔、没有尽头的马路

都是他一个人的

刻骨的往事，石沉大海

老掉的人

都要活成自己的海岸

年轻时嗜赌如命，年老时

才有一张这样无风无浪的脸

老掉的人啊

我仍想要祝你前程似锦

第三种意味

这条鱼昨天就已经死去

在今天，才把它的生命意味

填满整个厨房

茂盛，悲哀，让人不知所措

想起起床时

亲吻女儿的后脑勺

她头发间的汗味

是另一种生命意味

厨房并不存在宿命与哲学——

我从来拿不起刀子

为自己果腹

但活下去，并没有真的太讲究

我尽量想些美好的东西

即使双手沾满鱼鳞和鲜血

飞蛾记

一小团黑影从纱帐敞开的地方

扑进来

模糊而如梦的实体

我随手拍落了它

依旧躺着，但不再闭上眼睛

屋子里充满了新的昏暗

它坠落时

翅上的粉末还留在空中

我尝试学习它精致的呼吸

并寻找自己的火焰

我断定它比我对天亮的过程

更有耐心

最后，我还是陷入

巨大的哀伤之中——

一只蛾子，是在我身上找到

赴死的决心

我没有理由不让它躺在同一张床上

躺在我身边，回顾自己的生命

寄不出的信

嗨，娇娇，好久好久不见

我们拥有过一小段共同的童年

很奇怪，失去联系近十年

你却在我梦中长大成人

你短头发，对我笑时

就连羞怯，也有了区别于年幼时的

温柔

真不容易，你无父无母

舅舅有一张被这个世界灼伤的脸

不知你们关系如何

只有你的祖母，为你苦苦活到

九十八岁

嗨，娇娇，读书改变命运

也不是特别奇怪，我是在这片山村

入睡时，才与你重逢

星期一说明书

早起，给孩子穿好衣服

吃碗面条

去杂志社，看几十封邮件

中午踩着几片银杏叶

回家

孩子吃饭又吵着看电视

不如意，就拍打自己的头

下午校稿，在第一百一十页

我熄了今天的灯

太阳并没有完全落下

但寒风呼啸

我裹着一个黑漆漆的人

走得飞快

十一点在床上平躺好，孩子

熟睡

我蹑手蹑脚地离开了自己

房奴生活

我的丈夫更加苛刻地

随手关灯

又更加早起

独自一人

在不那么明亮的书房画画

我听到楼下有车子开动的声音

这些起得更早的人

一样负债累累？

寒冬来临，身旁的孩子仍然

爱踢开被子

她熟睡的面孔如此安宁

我曾嗤之以鼻的人

一生奔波只是因为欲望吗？

不——

还有太多

怎么给都不够的爱

满地珠子

这样一个寻常的早上
从幽暗的巷子里钻出来

日复一日的
需要头也不回地赶往地铁站的人

突然瞥见
路边的草丛里挂满露珠

啊，这到底是一种怎样的幸福
又是怎样无法启齿的悲楚——

上天为了取悦我这样
一无所有的人

到底有多煞费苦心

灼华诗丛／捕露者

落花

这当然是很美的事
一个小女孩提着篮子
在树下捡落花

这些完整的坠落
暗粉色的死亡——
正被一双小手擦拭

我们听过太多
女人的不幸
但没有听过一朵花的

这样最好
不然我们现在不知道
是该哭泣，还是祝福

自我主义

一棵树，通过开花

让我们远远地识别了它

也通过落光叶子

让我们再一次经过时

说不出它的名字

——这是什么

——那是什么

要庆幸这个世界总有

崭新的孩童

在不断真挚地询问——

而成年后，我们从来没有真正的

困惑

对自己之外的事物

也从未有真正的关心

灼华诗丛／捕露者

的士司机问我去哪

去树顶，不用拐弯

和那只鸟谈谈新鲜的空气

它在低一点的枝干上

脚爪下的嫩芽

让它的心微微发痒

那同样是心动的感觉

它不知道

不知道才可爱

好的，再见（悦耳的鸟翅声）

去另一个地方，小心树皮上的

疤痕

（疤痕总在表面

让人看见才成为心底的疤痕）

绕不过去？

好吧，掉头

回到树顶，等另一只鸟

沉默

我要忍耐
如果我需要忍耐

我把很多该对别人说的话
只对自己说

在夏天我理应
成为一个茂盛的人

有死而复生的情感
有决堤的眼泪

但我要忍耐
我知道我为什么忍耐

暴雨预警

醒来时没有听到鸟叫

只有雨，覆盖一切

又暴露一切的雨

我置身于被反复敲打的声音中

那充满弹性和金属光泽的哀伤

和悬挂于叶尖

岌岌可危的命运

充满了我狭窄的早晨

我不可能听见

过多雨水淹没的堤岸、农田

甚至屋顶

但我能听见

雨，仍然落在

每个疲倦的人头顶

一种存在

小时候去山里捡蘑菇

常遇见坟墓

大多是孤坟，覆满了草

远远看一眼

静得可怕——

一个人要用很多年

才能接受这种静

当我停下脚步

理解这座坟墓时

仍不知道它埋着谁

但我确定

死去的人已经不在很久了

隆起的土地却从未空着

一定有什么住在里面

像一本书

穿着它深绿色的封皮

一种命运：蓟马

用了一个上午

打听到住在栀子花里的小东西

叫蓟马

名字只是人取的

它们的妈妈可不叫它们蓟马

也许叫糖妹、小黑

甚至马尔克斯、艾米莉……

但只有蓟马才是我要的

准确性，当我想要阐述一场

离别或死亡——

我刚摘了一朵栀子花

洁白的花蕊里，小黑点倾巢而出

风吹过来时

我突然特别害怕

至少有一只蓟马在我的手里

家破人亡，妻离子散

路过你的坟墓

用一小块土地

能写一封多长的信？

昨夜梦见你，仍是年轻、瘦削

很难相信

这些茂盛的蕨类

就是你二十年前的语气

我们相识太早

见面却寥寥可数

很难相信，这里栀子花越开越多

白色竟是一种激动的

色彩

我该用什么回信？

天已透亮，路过的人们看见

草叶上的露水

而我只看见，泪珠滚滚

一只小虫

二百一十二页，它从"深深"走到"启发者"
在"你的阴影，你的哭泣"中短暂停留

呼——呼——
你朝它猛烈地吹气，它纹丝不动
而你停下时，它从"局限"的边缘折返

经过里尔克，经过"时间的范畴"
最后消失于"梦"那整洁而深邃的结构中

夜行人

你被熄灭光泽

光泽有时是一种负担

当你独自行走于湖边，漆黑的夜晚

磨损你的背部

你并不感觉到疼痛

甚至，你领会到自己正成为

被去掉锋利的虚空

或者一只鸟

你越走越快，直到成为

一股透明的冷风

现实与理想的差别

就像参加一场婚礼后

又去参加了一场葬礼

这是同一天

如果可以选择

我更希望自己是先参加了

一场葬礼

再去参加婚礼

办公室生机图

撕破的说明书、青葡萄

一支毛笔、沙发抱枕、糖果盒

胶带、断裂的门把手

在瓷砖上发出脆响

（动听的毁灭）

摊开的颜料、卷曲的树叶

没有拆封的《巴黎评论》

浸泡过小孩的空气，空气中

等待被抚平的彩色褶皱

橘花

车行驶在乡道上，开阔、宁静

路边一些田地，开满了紫云英

这是四月的一个下午

我几乎要忘记，是去参加一场葬礼

即使到达后，与逝者的妻儿

相互致礼时，我仍感觉到一点

春天的光明

我偷偷打量，他们穿着黑衣

面容疲倦但完整——曾有过的

撕裂情绪，已作为环境悬浮在

他们外面了，这多少让人轻松

我听到哀乐——

从一只隐秘的音箱里传出来

在鞭炮声停止时，显得柔和、必要

然后我才看到停放棺材的棚屋外

有两棵橘子树开满了花，很多花

（要有无数双手，包括逝者的手

才能捂住的花）

我很高兴没有听到人哭。只有这
洁白的香气在制造动静
说不上欢乐，也说不上悲伤
说不上存在，也说不上流逝
——我从未见过逝者，我想
我们最大的缘分，就是挨在一起
看一看这橘花

墓志铭

遍地蓝色小花消失了
在这个雨蒙蒙的天气

打动一个人是很难的事
打动一朵花也差不多吧

而她的理想只是
用一具冷静天真的肉体
深深打动这片生活过的土地

第三辑

爱是河面的晨雾

梦见一匹马

那是一匹怎样的马啊

它那么懂我的心

我曾短暂地趴在它温暖的背上

看到河水中

我们的影子融为一体

它到底是一匹怎样的马啊

它温柔地跪下来

把我放在岸上

离去前，它亲吻了我的脸

它到底是一匹怎样的马啊

它没有替任何人爱我

却让我醒来后

想起了所有我爱过的人们

5 月 20 日

要创造更多节日——
没有一个人不需要爱

这条寻常的街道
也需要有人偶尔抱着玫瑰
走在大雨中

幸福是少数人的
但可以成为多数人的幻觉

但愿在今天
你得到的比你渴望得到的爱
还要多一点

寻常理由

在如何创造美上，星星

充满灵感

在如何创造永恒上，星星犹是

过去我擅长破碎，如一滴雨

充满内在的暴力

如今不再年轻，却日渐温柔

我放弃非成为星星不可

你想啊，纵使那般闪亮

离心爱的人却是何其遥远

一生中最自信的时刻

没人会有双我这样的手

布满鳞片，在年幼时

我渴望自己是条美人鱼

我不喜欢握手

有人把手伸出

我仍会礼貌回应

我从不看手相，但我相信命运

我是一个

命运早就模糊掉的人——

那些鳞片覆盖的，上天铺在

一个人掌心的路途

需要我摸黑走下去

有时也会哭，我只想要双

普通的手，柔软、多情

充满女性特质

有时也觉得好笑——

结婚时，新郎被要求蒙上眼睛

在一堆手中，摸出我的手

看雪的人

下雪了。屋后的雪

比屋前的雪大

树林的雪比马路的雪大

两个看雪的人

内心的雪

比头顶的雪大

如果还有更多的爱

就有更多的雪千里迢迢

如果还有更多的秘密

就有更多的雪——

说出我们鞋底的花纹

当怀斯的手在阴影中移动

我很喜欢怀斯晚年的画

并选择了其中一幅作为封面

人人都会爱这窗边的少女

她的头发被风吹起

阳光照耀在她一丝不挂的身体上

不，只是照在她

美妙的胸部，如此准确

而她凝视着远处，必然是远处

却没有渴求

除此之外，整个房间

都是空的、深深的、细腻的阴影

——没有比这更纯洁的克制

是你带我来到这里

一座山因情绪而美丽

哪怕只因色彩斑斓而痛苦。在秋天

仿佛不需要学习

就能像雨水一样进入

一座山的情感层面——

我想多停留一会儿，再停留一会儿

直到成为你身边

一棵

没有力量再移动自己的植物

猫去哪儿了

一只猫在消失很久后

才动用我的回忆

五年前的秋天，在菜市场旁的

灌木丛里

我看见了它

一个人消失很久后，我才需要

动用一只猫的回忆——

曾点燃满屋子的静

在两个人最相爱的时候

成为他们的孩子

后来的一切都是可以预料的

残酷

但只要猫活着，永恒就存在

梦见你

梦见异常美丽的天空

梦见无边的草甸

梦见蝴蝶翅膀上隐秘的门

梦见挂满苹果的树

长在船上

梦见马，穿着海水的衣服

梦见破镜重圆——

没有人像我这样

愿意全身心地投入

每一个黑夜

在现实中如此平庸的人

做起梦来却天赋异禀

去看你

一只七星瓢虫乘着一朵花

从我脚下路过

花是刚开落的木槿花，复瓣的那种

睡觉时，小瓢虫可以枕一瓣

肚子上盖一瓣

花呢？

花乘着透明的火车

这是世上最长的火车了——

我很少知道一场雨的必要性

我想它今天只是想

捎上这朵木槿花

或者只是想捎上这只小瓢虫

千里迢迢地，去见另一只小瓢虫

但你从未察觉

当我如愿以偿变成一片树叶

我闪烁着

来自万米高空的一点尖叫声

或者一个吻——

我用整个生命期盼和感激着的这滴雨

让我持续战栗

让我迫不及待地

想要在天晴时，抛下我的阴影

它那么与众不同

它那么小

却曾甘愿承载着整个天空的感情

它刚好落在你的头发上

或者滑进你更深的阴影里

一封信

去邮局时看到一棵树

刚开始发芽

我有些迫不及待

甚至想要快递给你

但我还是忍住了

我想应该让这七页纸

走它们该走的路

等你收到时，那些被路过的

树啊

肯定都开花了

久别重逢

在十几岁时喜欢过彼此

很多年没有联系

再相聚时，我们带着各自的家人

没有什么食物是真正可口的

只有孩子

具有彩色的饥饿

她们笑时，我们跟着笑

她们从桌子边跑远时，这像是世上

最后一个夜晚——

在沉默中，我们都在

等待着什么？年少时，总是

拘谨地说：下次见

那是真的难舍，是真的甜蜜

是一只苹果内心的东西

再见

你取走了自己

从照片中。在每一个我旁边

留下深渊般的空寂

我陷入彻底的绝望

还有愤怒

但我们依然没有争吵

暮色来临

是梦中之梦

把我重新送回岸上

过去的人终于离开了

一整湖用旧的波浪

都被折叠

置于未来的枕边

是谁在梦中爱我

有人邀我再去一次武夷山

她说到开心处，用脸摩挲我的脸

女孩子的友谊

总是过分热情和可爱

走到半路，我们讨论

一种野果的可食性

并掏出口袋里的李子扔在草地上

重要的人赶来

李子是他和我一起摘的

——重要的李子

一颗一颗地被重新拾起

他挑着一担沉重的石头

走在我身后

他那么善良，又接过我和

妹妹手中的重物

我们在模糊的山林里等候着什么

一个时辰过去

两个时辰过去

天色暗了下来，我却醒了——

所有人都消失了。只留下那些具体的

珍惜，心疼，甚至爱

我真的太悲伤了

草场的马不是特别多

倒有很多山羊

草不是特别深，刚掩盖脚掌

也没有风，那些发电的大风车

是静止的

路旁废弃的半个小房子

墙根下开着的蓝色小花

还有那条蜿蜒着，看不到尽头

并没有留下

半点你我气息的公路

还是一年一年地

从那个偏僻之地到达我心里

八月

一切毁于理性

月光皎洁，被吻过的人却一身漆黑

855 天后，我 32 岁

如果发生重要的事

我给你一个反悔的机会

如果没有

我给月光

它绕过我

从一种简洁的痛苦，回到照耀本身

断章

当一个人深切地

注视着

另一个人

天上没有一颗星星闪耀

在漆黑的屋顶

晚风送来植物的香气——

你的存在赋予时间表面

好的质感

而我在你的其中

曲终

一个人因过于幸福
而不再写出幸福的诗

一个人因悲伤
才会反复提及星空与野花

十月以前，我深信于此
十月之后

冷风吹过荒草般，吹过一个
不知幸福还是悲伤的人

白露

用一种回忆的口吻吧

在今天想起已经错过的

为什么都沉沉睡去

为什么从不肯拿出一整个黑夜

守着一棵小草

我第一次想知道

露水是怎么爬上叶尖的

是怎么从破碎、无形，到达美的极致

是怎么从我们内心出发

从爱到不爱，到死去活来，到恨

最后成为与我们

毫不相干的东西——

一种圆满，就在任意一棵草上

在感情中

我们是玫瑰，也是摘玫瑰的人
是滂沱大雨，也是雨后闪烁的叶片

我们真正拥有了什么？
爱是河面的晨雾

"当我伸手——
我不怕被刺伤，但我真害怕它死掉。"

"那凭什么断定它会死？"

如果一个人不是另一个人的深渊
如果一个人
只是另一个人的深渊

它就是一朵不被祝福的玫瑰

遗忘就是专注于你之外的事物

清晨的光为鼓励一个哀伤的人

来到这里

如此谨慎地

穿过百叶窗的缝隙

投射在我的手背——

永恒的美正在闪现

它从不是用来捕捉，只被看见

我长久地凝视着它

整个房间，整个我阴影的中心

它微妙地流动，明亮、静谧

又深邃如回旋楼梯

正带着我离去

离去，如同从另一个人身边

如同遗忘

绝境

已经走到了某种边缘

或停滞于这片过于安静的沼泽地

没有人知道

是天气还是理想

让白鹭失去踪迹

如我不知，黑夜如何送来

崭新梦境所需要的

色彩、肌理、气味

已经走到了某种边缘

或停滞于这片永恒的沼泽地

我终不能触摸

一个人被什么碰碎前微妙的缝隙

是爱吗？我感到疲倦

却终不能道别

这过于细腻的痛苦

理想者

—— 致 WF

让我再次为一棵栀子树祈祷

诚心诚意地

祈祷路过它的每一个人，都是好人

它的花苞不再被摘走

我还有机会

与心爱的人，在崭新的夏日

一起聆听它白色的旋律

生日快乐

——致 LW

把遥远的山野

每一颗露珠献给今天

供你闪烁

把苹果中曲折的回忆

献给今天

供你苦尽

还有那黑夜充满弹性的边缘

供你爱或者醒来

如此特别的一天

它属于你，属于很多个

如我一样知道快乐并不容易

却仍要

祝你快乐的人

如有光

——致 LW

特别好。当我想起你

其他的一切，没那么重要

我也信命

但还是想祈求一些东西

那些尚不能预见的

祈求你一直在

哪怕不是在我身边

祈求你安康，少一些

非忍不可的痛苦

玫瑰与星辰永远清晰

有更茂密的树躲雨

老得更缓慢一些。老得一点

都不辛苦

我可以照顾你

放你喜欢听的音乐

偶尔，我读诗给你听

而且读得不错，你总是夸我

一本诗集

——致 YC

在传达室等待我的奥利弗

面容沉静，透着一股

黑水塘和森林混合的气息

在很早以前，我就对她

怀有着天鹅般

优雅的情感

不，也不算太早

当她从这个世界离去时

我们才真正相遇

我将于周一的早上

重新认识她

在此之前，想到很多

无关的事

无关的，又无非是

心底渴望的那点爱罢了

这不是第一次

收到你给我买的书，我很想说

谢谢你

也许奥利弗比我更明白

我对你的感情

第三辑　爱是河面的晨雾

123

理想少年

——致 XW

你有一张过于内向的面孔

过于久远，但仍让人心动的沉默

我并没有刻意想起你

没有时常

而一旦想起，定会陷入某种

写作时才有的语境

或者，温暖的哀愁？

其实我对你的生活一无所知

如果有期望

就是期望你也有激烈的、世俗的

幸福。噢，幸福并不是什么

确切的东西……

只是我祝福的一种

想来有点荒谬，当我遇见你时

已人至暮年，却执意认为

你就是我年少时喜欢过的人——

那种深深的喜欢

在过去应该深埋心底

而今，我却想告诉你

或者只是我自己

我还怀有这样真诚而纯净的感情

第三辑　爱是河面的晨雾

只愿人长久

——致 YF

女孩大叫着冲向另一个女孩
她们抱在一起，又蹦又跳

小时候，我没有她们这么热烈
对喜欢的人，只在小纸条上写
我想和你做一辈子的好朋友

成年后，无论感情多么真挚
一辈子之类的话都是羞于启齿的

今年我们见了三次
没有一次像这些年轻女孩般

她们是能把浪花卷到天边的人
我们更善于，把波纹收束在心底

琉璃草

——致 FQ

遇见一个人很多次，才想认识他
遇见一种草很多次
才想打探她的名字

在见到你以前，我先见到琉璃草
她开蓝色小花
从普者黑开到泸沽湖
从一种模糊记忆，开到一个人眼底

我想谁都没那么顺利
一株草也会收到错误的地址
她绕了很远的路——

但最后还是到达这里开花
并先于我们，在一场感情中找到位置

同类

——致 DD

感性的植物开花时

会散发出香气

感性的兽类都有一双水汪汪的眼睛

感性的昆虫，翅膀是透明的

感性的石头，都有裂痕

感性的水，波纹能扩散到

一个人心里去——

你对什么都感到稀奇

就是对人感到厌倦

下次再见时

不如送你一只死而复生的鸟

分别时，不如送你一滴

不用再等待的雨

灼华诗丛／捕露者

妹妹

妈妈让她给我带些

腰果和红枣

她却带来毛茸茸的鸭子

和几颗松塔

她认识所有的植物

还给两株遥远的虞美人

传过粉

想起来遗憾

我二十岁之前

就从未想过要做一件

蝴蝶才会做的事

二十岁以后，也不会这样

拿出手机

对着一棵夹竹桃

请求加个好友

赵希来信

我收到了这个世界的长信

那个年轻的女孩

仿佛在布满麋鹿脚印的森林生活

她在每一片阔叶上写

亲爱的大雪

再卷成一团，系上彩带

连同充满细腻褶皱的小花

一瓶晚秋露水

放进纸盒中

她会告诉我什么？考试还是

工作

或者只是绵延千里的烂漫哀愁

从固原经过西安、长沙

连同一只鸟的气息

涌入我的眼眶

致

再见了，我的朋友们

有的再见

是真的再见很久后

才能说出口的

这时候，时间已经谅解了

我的脆弱

那些深深的悲哀

不再重要

我还是五年前那个

对着树枝上

悬挂的月亮

许愿天长地久的女孩

但一切不再重要

月亮也不重要

致明日

我不会成为摄影师、画家

在诗人的身份上

充满无意义的分裂与和解

我了解我的普通、局限、私欲

我了解，从过去到现在

我活着的侥幸，幸运的偶然

我了解绝望

但从未真正绝望

等待拯救的感觉太好了

当你存在时

我没有一刻不渴望，爱的天赋

是被爱，让我成为一个

真正出色的人

我们应该有始有终

战火中奔跑着的，闪闪发光的
白马
后来怎么样了？

那么美的白马
和爱情无关却让人牵肠挂肚的
白马

必不可少的，需要替一个人
从第一场电影穿梭在被承诺的
无数电影中的白马
但愿它永远不会停下

只有它永远不会停下

在泸沽湖

好的爱情，没什么道理可讲
就是一个天真的人
遇见另一个天真的人

春天尚未到来，尼赛村还有着大片
裸露的土地
我们站在几头黑蒙蒙的猪中间
看它们埋头拱土

为什么要拱土？
当我们也撅着屁股凑近这些泥土
嫩芽的气味甜甜地扑过来——

好的爱情都是这样
两个人中至少有一个被什么冲昏了头

心如刀绞

我不擅长挤在人群中
向心爱的人告别

——当我们应该拥抱时
却像其他人一样
只握了握手

我不擅长，在最悲伤时
当着别人的面放声痛哭

我只能对天空感到
深深抱歉
当它真的一点点塌了下来

廊桥遗梦

电影和小说的浪漫在于
我们只是旁观者

七月在丽江，算不上最好的时候
雨水不可能隔着玻璃打湿衣裳
但能打湿一两张脸

我是一个铁石心肠的女人
没有一双舍得流泪的眼睛

我不是弗朗西斯卡
但你是我的罗伯特

罗伯特，你不知道现在就是
最好的丽江。多情的人在这里
无情的人也在这里

——我爱你，但我不能跟你走

致陌生人

四月的最后一个深夜

我们从里格半岛，沿着山路走回

尼赛村

山脚下是黑暗的湖水

湖水中有更黑的岛屿

岛屿上有什么呢？也许有另一个你

正牵着另一个我在赶路

多少让人恐惧

我们相依为命般走在黑暗中

多少让人可惜

这黑暗如此短暂，后来

再也没有一个人

像你这样纯洁真诚地保护着我

最后一首情诗

理智让人安全，也让人
不再可爱
人至中年仿佛情感的绝境

——就算想你想得要死
我也不能再说出口

人至中年，讲道德和责任
变得容易，但从容表达爱情
多么困难和荒唐！

这时说不说爱，不再重要
但分寸很重要。人至中年
最怕掏心窝时突然红了双眼

第四辑

你想捉迷藏吗

上山途中

仙麋湖，仙麋湖

内在的激荡在指示牌上留下地址

一切都是虚无吗？我并没有遇见这片

迷人的高山湖泊

如果存在，就收起对世间的失望

或者看看小女儿吧

命运的波纹尚且年幼

还只会背一首唐诗

玉兰

一定有什么在白天更需要被照亮

行走在太阳底下

我的影子，总递给我一些

烫手的黑暗

一定有什么

需要太阳之外的光芒

这光芒洁白、冷静，从每一根树枝的

顶端，照到我的深渊

这些昆虫、飞鸟的灯盏

这些可以触摸的月亮——

我的女儿第一次来到人间，她需要一棵玉兰

开花，并把其中一朵

落到她的脚边

明天见

第一次，我想和

我的小婴儿

横着睡，正对着窗子

明天她依旧会很早醒来

睁开眼睛就能看到

杜仲树的叶子，在风里笑得

清清淡淡

而我起得更早

拉开窗帘时，一只布谷鸟

正从寂静背面

取出一个美妙的声音

递给我

小婴儿睡着了

我想到月光。她的确
像月光一般照亮了这间屋子
如此安谧

我想到草莓
想到橱柜里的奶油蛋糕上
闪烁着红色甜蜜的草莓……

——她的确让我想到了
这世上所有的美
而把它们全部加起来

也比不过此刻，她熟睡的脸庞

"妈妈"

那只是一个声音
和她耳朵上的小绒毛一样
只属于她

后来才属于我
后来就是现在。她已经熟睡

而那个声音——
不，当它也随着她长到一岁半
它不再只是个声音、词语或
称呼……

我看见它长久地
悬浮在空气中
像仙人球开出的花一样明亮

又那么立体
充满着整个人类的感情

她不需要我的拥抱

她总要嗅着被子或衣物

才能入睡

是从什么时候开始？

至少刚出生时不是这样

在我们共同度过的很多个夜晚

我只能站在外面

远远地看着——

一只小兽在荒野里试图

用敏锐的鼻子寻找着什么

到底是什么？她在迷雾中

肯定找到了

一种胜过母亲的气息

最初的分离她没有哭

我一直很想知道
我的女儿是怎么想的
当她静静地看着我走过斑马线
走过广场

当我消失在巨大的石头后面
我想她的小手
还停在半空——

她还不知道挥手就是告别
她挥手的姿势
还那么天真、生涩

失散的几分钟

她那么小，走得那么慢
她绕着一朵葵花的边缘
走上一天一夜
才回到母亲怀里

这不是个梦
我们共同哭过。但她哭一会儿
就笑了。她的眼睛
两个闪烁的小月亮正照着我——

我为脸上仍旧滂沱的大雨
感到羞愧
为这将持续一生的恐慌
感到束手无策

最好的早上

一只小兽把大雾驮走

就在清晨

我透过一双两岁的眼睛看见了

我们趴在窗子边

世界就在外面

远方的红色屋顶变得清晰

这是多么难得的美好时刻

我们打开了各自的

飞行系统——

我无比专心地跟她学着鸟叫

而没有了

一丁点成年人的疲惫

她还不理解"有多爱"

她已经完全理解了"谢谢"
并把这个词，用得得心应手
甚至在谢完以后
还要拥抱我，甜甜地说出
"我喜欢妈妈。"

她总让我惊讶
尽管我们每天都在一起

"我多么爱她，她融化了我。"
我很少能这样
老实而直接地表达
却时常，对着这个两岁半的
小孩撒娇
"你爱妈妈吗？"

她当然会说"爱"，但当我
追问有多爱时

这个小小的人儿，总是陷入

庞大的思考中——

那么纯洁，那么无辜

一种命运：喊疼

我的女儿，在一些小磕碰中
迅速学会了如何表达疼痛
甚至，表达了潜在的疼痛

小手烫到了要吹吹，头碰到墙壁
要摸摸
有人突然打个喷嚏，她也啊啊啊地
表示受到惊吓
需要我拍拍她的小胸口

我的女儿才一岁零两个月
已经深谙活着的孤独
在不那么疼时也要喊疼——

直到成年，她也还会用这样的伎俩
我们都以为，人在不幸时
可以获得更多爱和关心

他们不会记得的事

他很小，看起来才一岁

她也很小，才一岁零九个月

我们说握握手，她就握了

两只小手刚握到一起

他却伸出了另一只手，打到她的鼻头

她当然没有受到

多大的伤害

他更是没有伤害一个人的意识

他们都太小了，小到随时能消失于

事件的中心——

水面将迅速恢复平静

而我，一个年轻而脆弱的母亲

将独自保留着一点无限扩散的涟漪

就在这首诗中

捉迷藏

"藏好了吗——"

"藏好了——"

她总是那么大声地暴露自己

在我的脚步接近时

她就从藏身之所跑出来

"该妈妈藏了！"

而我总喜欢藏在门后

看她飞快地跑过

她从不回头——

从不会发现我

在她转第二圈甚至第三圈时

我才走出来

我喜欢她抱住我的腿

仰着头笑得无比灿烂——

对游戏规则并没那么清楚的人

才能这样快乐

今晚的月光不像昨晚

——当然，肯定是不同的
昨晚我们向南走，月亮也向南

今天我们向北
月亮也向北

——向南和向北的月亮
没有什么不同

但今天，走完最后一级台阶
一只毫无经验的小手
指向了它

——它是什么？
——月亮

这时，真正的月光才落在我们身上

草莓

这个世界可以没有人类

但不能没有草莓

如此可爱的植物，被我们大片地

种植在白色大棚里

但草莓真正的香气

仍只属于一片土地的创造力

我们一无所有

只有年幼的女儿，在病床上

回到了远古时期

她就是第一个在野外遇见草莓的人

天真甜美的活力正在苏醒

石榴记

去年我们做过同样的事

她的手掌更小

向宇宙索取的意图

尚不明确

但今天，我看到她

快两岁的手指天赋异禀

如何从果皮内部取出发光体

而不伤害到

它的光芒？相比而言

我是个

笨拙的同伴。但比起沮丧

我有作为母亲的

巨大快乐——

她会吐籽了，她知道如何

从一粒

微小的星星中

获取浩瀚的甜蜜，并放弃她

不能把握的部分

一种幸福

在床上摊开自己

像被推倒的房子那样成为废墟

这是理想的状态

每天从同一片废墟中醒来

但不自知

这要感谢我的孩子

她睡得比我早，醒得比我晚

她总是随心所欲地把身体

丢在床上

就去做自己的梦了——

被留下的世界

小而宁静，只有我挨着她青草般

鲜嫩的小身体

不自觉地恢复某种活力

冬至记

带着女儿出门晒太阳

晒着晒着

太阳就没了

草坪上，突然空掉的秋千

还在晃动

如果我伸出手

还能摸到一个刚走掉的人

热乎乎的形状

我还是想再待会儿

太阳已经不在了

但草坪上正在笑着的小孩

还是可以给我

和那些寂寥的彩色床单

一点温暖

我没有一本崭新的书了

只有孩子才能画出

这样的线条

在书的扉页

类似青草、海浪的叙述

她想要表达什么？

她什么都不需要

一部分色彩爬上她的手指

甚至脸颊

噢，这鲁莽的小动物

她总是以自身的洁净

毁灭

另一种洁净

我尝试讲道理

把每一次都哭得很动情

是天生的

一个人竟然可以

有这么多泪水

仅仅一天

我就被她哭怕了

我很想告诉她，哭不能

解决任何问题

但又希望

她能替她不再哭泣的母亲

保持住一种哭的能力

光阴帖

左眼皮一直跳

在这样平淡而疲倦的一天

我需要相信

这是好的预兆

女儿在另一个小城市

昨晚入睡前

她显得那样快乐

而我迟钝

新的黑夜淹过来——

我是献给谁的浪花？

女儿与妹妹

她们摘下青色的李子

齐刷刷地咬出脆脆的声音

那些隐秘的酸味

混合着脸颊上满足而快乐的表情

让人心动

她们又折了一簇槐树叶

一片一片贴着嘴唇

鼓足了劲儿吹起来

沉闷而天真的噗噗声

像一种古老的音乐

她们再次吮吸白色的忍冬花

让我相信那的确是甜的

当她们飞奔到远处

在阔大的芭蕉叶下捉迷藏

我才独自重复

她们刚做过的一切

三岁的语言

"亮会吵到我。"

她快速地摁下开关，房间一片漆黑

她很快深入

安谧的睡眠中。小小的身体下

那有限的词语铺成的草地

持续散发着清香

我等待新的一天，她甜蜜地

告诉我

"又做了一个草莓梦。"

到处都是野生的茶花

她摘取命中注定的一朵

把花瓣一片片扯下

再放入途经的每一汪积水中

她耐心地重复蹲下，起身

直到两手空空

她的母亲更耐心地

凝视着那洁白的，通往未来的船只

却在回家的日记中写道

"不知是天真还是残酷

一个小孩把一朵花分别埋葬在

很多个湖泊。"

女儿与羊

她想把最爱的饼干分给小羊

可惜在山中并没有遇见

只有很多房子提供美味的

烤全羊

我特意指给她看——

她不可能从烤炉上翻转的肉质平面

联想到在老家

喂过树叶的小羊

或者别的任何一只羊

但她的确一块也没有吃

并不是真的领会到某种残酷

只是不合胃口

大多时候，她蹲在桌子边喂

一只橘猫

糖

看到她哭红的眼睛

我就心软了

买一支草莓味的棒棒糖吧

她又可以变得那么欢喜

真希望她等一会儿

再撕开糖纸——

想起年轻时，我总是无法忍住

对喜欢的人说话

真希望她能不那么像我

再等一等吧

尽管她还不需要懂得

什么才是真正甜美的忍耐

亲爱的女儿

她睡着了。睡着的人

有不自知的深刻和美丽

我祈祷更多快乐穿过

那深深的梦境

来到她的脸上

在黑暗中，每个细微的表情

都让人着迷

窗外下着大雨。我却透过她

薄薄的皮肤和黑睫毛

看到那个内在的世界——

她像只鹿一样飞奔

周围是开满花的长日照植物

有几朵被碰落了

正是那些自由

而晴朗的香气溢出来时

照亮了我

未来的少女

她穿着毛茸茸的衣服
站在被刷成绿色的卷闸门前
这是近来天气最好的一天
阳光透过茂密的香樟树叶
照在她右边的脸颊
我看着她，想到已经很久
没有这样凝视一个人——
有一刻她低下头去
光从她的脸颊跳到耳垂
我突然确定她为什么这样美丽
"因光短暂的沉思。"

小羊羔

那只羊生活在遥远的藏地
它不会遇见我
那只羊就像我的女儿，天真烂漫
可它永远不是我的女儿

我们并没有前世、来生
我们隔着玻璃与别人的眼睛

那只羊不知道自己有治愈黑夜的天分
那只羊不会开口说话
却把什么都写在脸上

我不想再牵挂它后来的命运了——
如果不能平安长大
就祈祷它在遇到刀子前，吃够爱吃的草

自由之海

读到唐朝晖的《岛屿》

想到另一个人的四十岁

另一个人……如果存在的话

她正在十年后的海上漂浮

那是一艘怎样的船？

我不知道。她在那里等我

在海风中，那样平静

头发遮住了她的眼睛

但我知道——

她正注视着我

像注视着遥远的海平面上

一只模糊的鸟

那就是想要的生活？

在多个岛屿，迷人的景致

让她动过要永远留下的念头

但最后，还是回到海上

没有人比她更迷恋

海上那样赤裸的

阳光和风暴

但踩着坚实的甲板，她同样

想念松软的泥土

像想念，岸上的女儿

噢，亲爱的女儿

十年后，刚开始发育的身体

正需要母亲引导她

为这世界贡献新的神秘支流

——无法想象

没有母亲的孤独

所以另一个人真的存在吗？

永恒的波浪没有脚

但仍替一条空荡荡的船

走到了十年后的大海中央

——她在哪儿？

朋友圈的喜讯

河北七叶种了两株小树

一株没有成活

另一株在第三年

结了一颗柠檬，又大又饱满

江西钟林生了个女儿

北京安安也生了个女儿

第一次做母亲

她们说出的话这样相同

"超快顺产，感谢宝宝没有

让妈妈受苦。"

这是新年的第一天

艰难的过程都被省略掉了

这些好消息

让成为母亲后的我——

除了深深的喜悦，还想哭

古老游戏

你想捉迷藏吗？

把脸埋起来

就以为看不见的那种——

与这个三岁的小孩

在狭窄而多彩的屋子里

你想捉迷藏吗？

不是静悄悄躲起来

而是大声告诉这个深爱的人

"我在这里。"

然后一起咯咯咯笑个不停的那种

野蛮的快乐

我小时候

也这样拿着苹果在桌子上

又敲又摔

我当时也只不过三岁

或者两岁

甚至更小

你能原谅这种小吗？

如果你也是很多年后

才意识到

当时的小

已经有能力

伤害到一只苹果的甜蜜

片刻宁静

我对一颗苹果

怀有的终极幻想

是在平庸的一日将尽时

闭上眼睛

独自穿过它内部

幽深的峡谷

我年幼的女儿

在一旁玩积木

对她的母亲

深陷黑漆漆的甜蜜

浑然不觉

动物世界

高鼻羚羊能嗅出

数百里远的土地上，萌发了

多少嫩芽

雀鼠小得可爱

吃饱了还能抱着一朵花

荡秋千

我这么多遥远的小姐妹

只有鸵鸟让我很难过

鸵鸟明明是鸟呀

可是跑得再快也不能飞

慢

看啊，前面两个大人

牵着两个孩子

每个孩子手里

拿着一朵菜花

也许是油菜花，也许是菠菜花

谁知道呢

他们就这样走在我前面

拿着一点新鲜的春天

慢慢地走

走得整个周围阳光明媚

亘古的雪

远方传来下雪的消息

每年冬天

是同样的雪替我们安慰了

千里之外

那个童年的自己

那个脸颊冻得通红

仍在竹子弯成的拱桥下

钻来钻去的小孩

那是一扇隐秘的门，我们

从来没有进去

或者是，在这一生中

第一场雪来临时

我们走了进去，就再也没有

出来

百年孤独

十一年后，人类将实现永生

这是一条让我

毛骨悚然的预言

我到过最远的地方是马孔多

最近的，是身边人的梦中

曾对死亡不着迷

也不畏惧——

死亡就是玫瑰味的海水

有了女儿后，我却是怕死的

我想看着她长大，有自由的爱情

我想足够老

有梦幻般的恍惚……

比起永生，我更需要一个机会

怀着热烈的不甘

对每一个深爱的人说

来世再见

尽管我对来世的理解

最初源于蕾梅黛丝浴室飞出的一只

黄蝴蝶